Título original: *The Night Gardener*
© del texto y de las ilustraciones:
Terry Fan y Eric Fan, 2016
Diseño de la cubierta: Lizzy Bromley

Publicado por acuerdo con Simon and Schuster Books
For Young Readers
Un sello de Simon & Schuster Children's Publishing Division
1230 Avenue of the Americas, New York, NY 10020
© Editorial Planeta, S. A., 2016
Avda. Diagonal, 662-664, 08034 Barcelona (España)
www.planetadelibros.com
www.planetadelibrosinfantilyjuvenil.com
Primera edición: noviembre de 2016

ISBN: 978-84-08-16128-8
Depósito legal: B.15.005-2016
Impreso en China

Terry Fan presume de pasarse los días
(y las noches) creando dibujos, retratos
y grabados mágicos.
Su obra se caracteriza por mezclar tinta o grafito
con la tecnología digital contemporánea.

La vida profesional de **Eric Fan** fluctúa entre
el periodismo y el arte. Es un apasionado
de las motos *vintage*, los mecanismos
de relojería y los sueños imposibles.

PARA MAMÁ Y PAPÁ
—T. F. y E. F.

El Jardinero Nocturno

Terry Fan y Eric Fan

timunmas

William estaba mirando por la ventana cuando, de repente, se dio cuenta de que había un gran revuelo en la calle. Se vistió rápido, bajó corriendo las escaleras y salió disparado por la puerta, y entonces descubrió...

El majestuoso búho que había aparecido durante la noche, como por arte de magia. William se pasó todo el día mirándolo maravillado,

y siguió contemplándolo hasta que
se hizo demasiado oscuro para poder verlo.

Esa noche se acostó agitado,
como si tuviera un presentimiento...

A la mañana siguiente,

William no se sintió decepcionado.

Cada mañana William descubría un nuevo árbol podado
magistralmente. El siguiente fue
un simpático conejo,

seguido por un precioso periquito...

y un divertido elefante.

Cada nueva escultura reunía a más y más gente a su alrededor.

Algo estaba sucediendo en Grimloch Lane.

Algo bueno.

Al día siguiente, William salió escopeteado de su casa

y siguió al gentío. Y se encontró con...

¡la obra de arte más impresionante de todas!

Los festejos siguieron
hasta bien entrada la noche.

Cuando William
volvía a casa,

se cruzó con alguien
que no le resultaba familiar.

¿Era posible que...?

Aquel señor se giró hacia William.
—En este parque hay tantos árboles
que no me iría mal un poco de ayuda.
¡Era el Jardinero Nocturno!

Bajo la luz
de la luna llena,

trabajaron juntos
durante toda
la noche.

William se despertó al oír los pasos de las alegres familias
que entraban en el parque,

y vio que el Jardinero Nocturno le había dejado un regalo.

Todo el pueblo acudió al parque a admirar el extraordinario trabajo del Jardinero Nocturno, y de William.

Con el paso del tiempo, las hojas cambiaron de color...

y al final cayeron,

hasta que no quedó ni rastro
del paso del Jardinero Nocturno
por Grimloch Lane.

Pero la gente de aquel
pueblecito nunca fue la misma.

Ni tampoco William.